AF682127

Die Legenden von Andor

Varkurs Erwachen

Basierend auf der Welt und den Charakteren von Michael Menzel und Stefanie Schmitt.

KOSMOS

ES TUT MIR LEID ...
ES TUT MIR SO LEID ...

SEHT! DORT IN DEM BOOT LIEGT DER
NACHFAHR DES MANNES, DER GEGEN UNS WAR.
DER SPROSS EINES ALTEN FEINDES
TREIBT EINSAM – ZUM GREIFEN SCHON NAH.
WIR KÖNNTEN IHN HENKEN,
IHN EINFACH VERSENKEN,
DER TIEFE IHN SCHENKEN,
DER NIEMAND ENTRINNT.

KÖNNTEN RACHE BETREIBEN.
IHN UNS EINVERLEIBEN.
IHN RESTLOS ZERREIBEN
DURCH WOGEN UND WIND.
WIR KÖNNTEN ... DOCH WOFÜR?

BEI UNS IST KEIN PLATZ FÜR
DIE KRANKEN GEDANKEN DES MANNS,
DER DORT TREIBT.
UND NIEMAND GEWINNT,
WENN EIN MÄCHTIGER KÖNIG
SICH AAS EINVERLEIBT.
DIE WIRKLICHE FOLTER,
DIE WIRKLICHE QUAL ...
DAS LEID UND DIE SCHMERZEN,
VIELTAUSENDMAL ...
DIE KÖNNTEN WIR IHM NIEMALS GEBEN.
ER TAT ETWAS, DAS KANN ER SICH NICHT VERZEIHN.

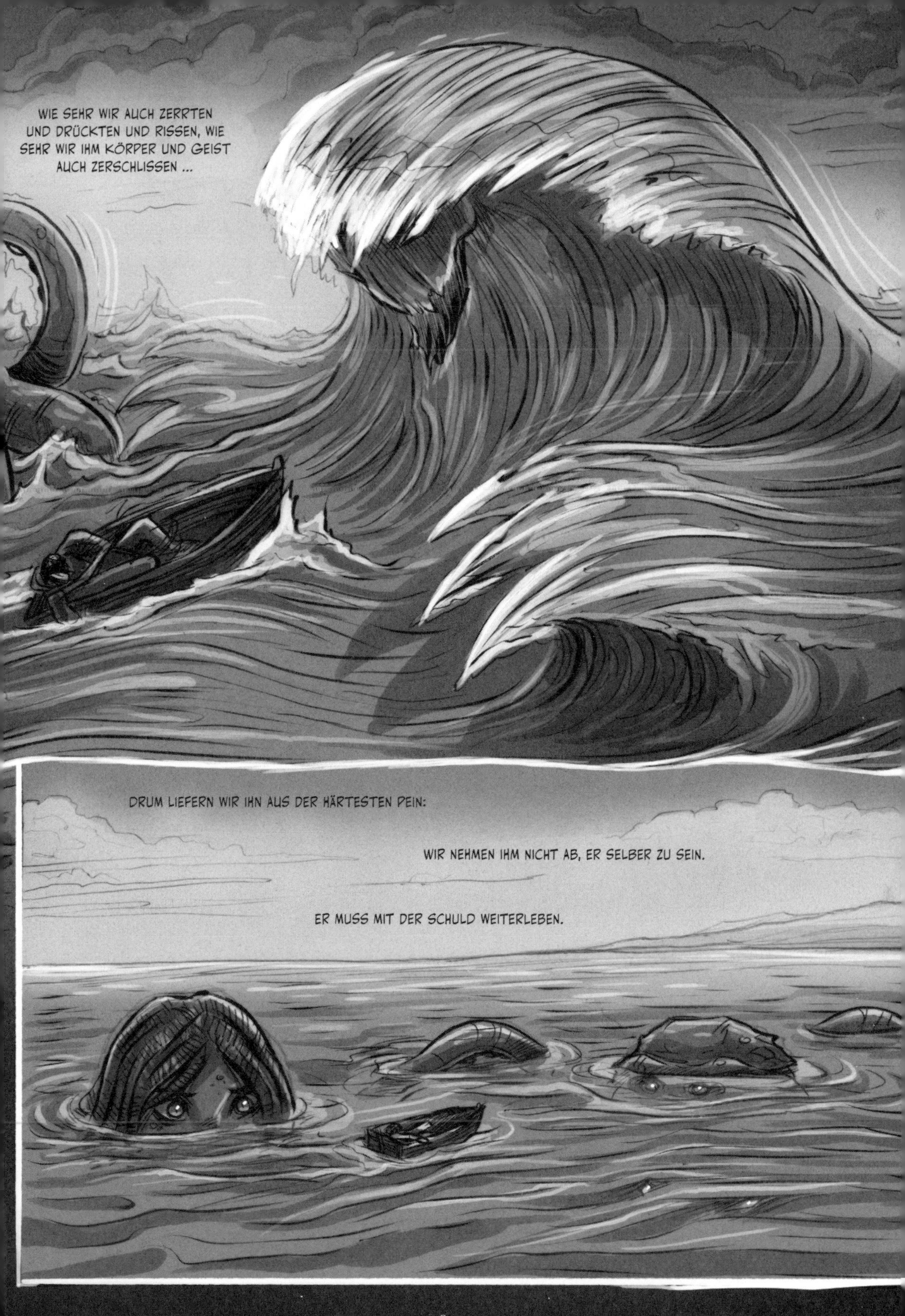
WIE SEHR WIR AUCH ZERRTEN UND DRÜCKTEN UND RISSEN, WIE SEHR WIR IHM KÖRPER UND GEIST AUCH ZERSCHLISSEN ...
DRUM LIEFERN WIR IHN AUS DER HÄRTESTEN PEIN:
WIR NEHMEN IHM NICHT AB, ER SELBER ZU SEIN.
ER MUSS MIT DER SCHULD WEITERLEBEN.

NICHT SCHLECHT. DEINE FINGERFERTIGKEIT BEEINDRUCKT MICH IMMER WIEDER, RANJA.
ICH HÄTTE NICHTS DAGEGEN, SIE EINMAL AM EIGENEN LEIB ZU ERLEBEN.
DAVON TRÄUMST DU WOHL, GARWIN.
JEDE NACHT.
NICHT EINMAL IN DEINEN TRÄUMEN KANNST DU ALSO DIESEM NEST ENTFLIEHEN!
WARUM SOLLTE ICH? ICH KÖNNTE MIR NICHTS SCHÖNERES AUF DER WELT VORSTELLEN ALS DAS, WAS ICH HIER HABE.

DIE LEGENDEN VON
ANDOR
VARKURS ERWACHEN

DAS SAGT MEHR ÜBER DEINE FANTASIE AUS ALS ÜBER DIE WELT.
WARTE!
LASS SIE LIEBER.
RANJA!
ALLES IN ORDNUNG?
NATÜRLICH NICHT.
DU KENNST DOCH GARWIN ...
IHN UND ALLES HIER! UND ICH KANN ES NICHT MEHR SEHEN!
DU MÖCHTEST IMMER NOCH FORT?
SO SCHNELL ES GEHT! DA IST EINE GANZE WELT, DIE AUF MICH WARTET!
ICH HOFFE, DASS DU ...
MINA! DA!

ER LEBT! ABER ER HAT FIEBER.
DIESE KLEIDUNG ... ER KOMMT NICHT AUS ANDOR.
ER BLUTET!
WIR MÜSSEN DIE WUNDE FINDEN!
DA IST NICHTS ...?
HOL HILFE! WIR MÜSSEN IHN INS DORF BRINGEN!

WO ... WO BIN ICH?
AN DER KÜSTE DES RIETLANDS. AM HADRISCHEN MEER.
RIETLAND ...?
JA. WER SEID IHR UND WOHER KOMMT IHR?
MEIN NAME ... IST ... VARKUR.
UND ICH KOMME AUS ...
ICH WEISS ES NICHT MEHR. ICH WEISS NICHT, WO-HER ICH KOMME.

VORSICHTIG! WIR WISSEN NICHT, OB ER INNERE VERLETZUNGEN HAT.
UNSER DORF IST GANZ IN DER NÄHE. IHR SEID IN SICHERHEIT.
ACHTUNG: AUF DREI!
EINS. ZWEI.
DREI!
TRAGT IHN ZU MIR!

WAS WIRD
DAS, RANJA?!
ER IST VERLETZT
UND ICH HELFE IHM.
WIR HABEN EIN GANZES DORF,
DAS IHM HELFEN KANN. WARUM MUSST
AUSGERECHNET DU DAS TUN?
WARUM NICHT?!

WO SOLL ER HIN?
DORTHIN.
KANN MIR JEMAND ETWAS WASSER BRINGEN?
RANJA ...

MEINST DU WIRKLICH, DASS DAS EINE GUTE IDEE IST?
ALLEIN MIT EINEM FREMDEN?
IM MOMENT IST ER WOHL NICHT IN DER VERFASSUNG, MIR ETWAS ZU TUN.
UND FALLS DOCH, KANN ICH MICH VERTEIDIGEN.
DU SAGST, WENN DU HILFE BRAUCHST, JA?
IM MOMENT GIBT ES NUR EINES, BEI DEM DU MIR HELFEN KÖNNTEST ...
SORGE DAFÜR, DASS GARWIN MICH IN RUHE LÄSST.
WIE DU WILLST. PASS AUF DICH AUF.
VARKUR ... WER BIST DU? UND WOHER KOMMST DU?

... ERINNRE DICH ...
... ERINNRE DICH ...
... ERINNRE DICH ...

GIB IHR ZEIT. SIE ZU DRÄNGEN WÄRE DAS DÜMMSTE, WAS DU TUN KÖNNTEST.
ACH JA?! UND SIE ALLEIN ZU LASSEN MIT EINEM FREMDEN – DAS IST NICHT DUMM?!
RANJA IST ERWACHSEN ...
SIE IST NAIV. WIR WISSEN NICHTS ÜBER DIESEN VARKUR.
ABER DAS LÄSST SICH VIELLEICHT ÄNDERN ...
DIESER FLECK ... IST DAS ETWA ...?
LORMAN! DA!
DACHTE ICH ES MIR DOCH ...
BLUT!

GEHT ES EUCH BESSER?
DAS FIEBER IST WEG. ABER ICH KANN MICH IMMER NOCH AN NICHTS ERINNERN.
AN GAR NICHTS?
DA WAREN ... TRÄUME. ABER ICH BEGREIFE SIE NICHT.
DIE ERINNERUNGEN KOMMEN BESTIMMT WIEDER. GEBT IHNEN ETWAS ZEIT.
UND IHR SEID EUCH SICHER, DASS ICH NICHT AUS DER NÄHE KOMME? IHR HABT MICH NOCH NIE ZUVOR GESEHEN?
NEIN. DAS HÄTTE ICH NICHT VERGESSEN.

ÖHM ...
ACH, DAS WASSER IST FAST ALLE! ICH HOLE SCHNELL NEUES!
DEINE SCHARADE IST VORBEI! VERSCHWINDE!

WAS SOLL DAS?!
DEIN UNSCHULDIGES GETUE KANNST DU DIR SPAREN!
ICH VERSTEHE NICHT ...
WENN DU JETZT EINFACH GEHST, BLEIBT ALLES UNTER UNS. KEIN AUFSEHEN. DU BIST WEG UND ICH HABE MEINE RUHE.
VERFLUCHT, ICH WEISS NICHT, WOVON IHR REDET!
ICH REDE HIERVON!

AAAAAAAHHHHH
WAS ZUR ...
VERSCHWINDE VON HIER ... DU ... DU KREATUR!

WAS ...?
ALS IHR MICH GEFUNDEN HABT – HABT IHR DAS HIER GESEHEN?
ICH ... JA, KANN SEIN.
UND IHR HABT MIR NICHTS DAVON GESAGT?
ICH WAR DAMIT BESCHÄFTIGT, EUER LEBEN ZU RETTEN!
TUT MIR LEID.
ES IST NUR ...
DIESE SACHEN SIND ALLES, WAS MICH NOCH MIT MEINER VERGANGENHEIT VERBINDET.
DIESE SACHEN ... UND DAS HIER.
DIE ERINNERUNG WIRD SCHON WIEDERKOMMEN.
DAS FÜRCHTE ICH JA.

ALS ICH DIE SACHEN IN DIE HAND NAHM ...
ICH HABE PLÖTZLICH DINGE GESEHEN. BÖSE DINGE.
UND DANN DAS BLUT! WAS, WENN ICH ETWAS FURCHTBARES GETAN HABE?
ICH GLAUBE NICHT, DASS IHR ... DASS DU BÖSE BIST. DANN WÄRST DU ANDERS.
WARUM HAST DU DAS GETAN?
ICH WEISS ES NICHT – ES FÜHLTE SICH RICHTIG AN ...
WIE KAMEN DIESE DINGE ÜBERHAUPT HIERHER?
EIN MANN HAT SIE GEBRACHT ... ER HAT MIR GEDROHT ...
GARWIN!
LASS DIR VON IHM KEINE ANGST EINJAGEN.

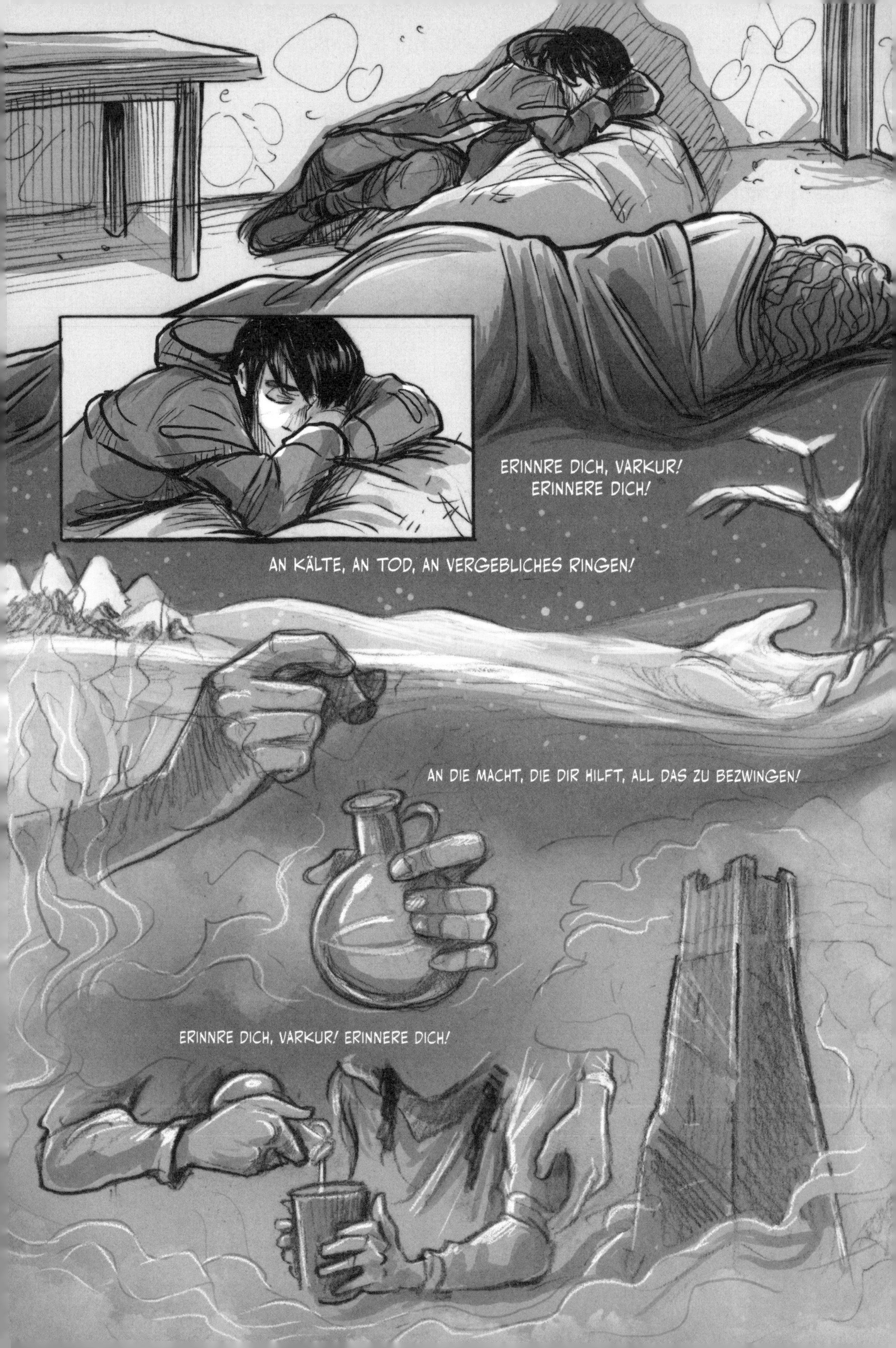
ERINNRE DICH, VARKUR!
ERINNERE DICH!
AN KÄLTE, AN TOD, AN VERGEBLICHES RINGEN!
AN DIE MACHT, DIE DIR HILFT, ALL DAS ZU BEZWINGEN!
ERINNRE DICH, VARKUR! ERINNERE DICH!

ERINNRE DICH, VARKUR, AN STOSS UND AN STICH!
AN SPRUCH UND BESCHWÖRUNG, AN DAS, WAS VERBLICH.
ERINNRE DICH, VARKUR! ERINNERE DICH.
ERINNRE DICH, VARKUR!
AN MICH!
WAS?!
DU HÄTTEST GEHEN SOLLEN, SOLANG DU ES KONNTEST.

LOS!
DAS HÄTTEST DU BESSER NICHT GETAN!
WAS SOLL DAS?!

DIESER KERL
IST EINE GEFAHR
FÜR DICH UND
DAS DORF!
NEIN.
RANJA ...
LASS MICH!
NEIN!

NEIN!!
RANJA?
WAS WAR DAS?
ICH ... ICH WEISS ES NICHT.

DU BIST EIN HEXER!
ABER ICH!

EIN HEXER?
JA, VIELLEICHT BIN ICH DAS.
MÖCHTEST DU MICH AUF DIE PROBE STELLEN?
STOP!
ICH WEISS NICHT, WELCHE KRÄFTE IN MIR SCHLUMMERN. WILLST DU RISKIEREN, SIE ZU WECKEN?

VERSCHWINDE!
UND LASS DICH NIE
WIEDER HIER BLICKEN!
WARTE!
ICH KOMME
MIT DIR.
BIST DU WAHNSINNIG
GEWORDEN?!

IM GEGENTEIL! ICH HABE DAS GEFÜHL, DASS ICH DIE EINZIGE VERNÜNFTIGE IN DIESEM RAUM BIN!
DIESER MANN IST VERLETZT, ER HAT SEIN GEDÄCHTNIS VERLOREN UND KENNT SICH HIER NICHT AUS.
UND STATT IHM ZU HELFEN, WOLLT IHR IHN VERSTOSSEN?!
SCHÄMT EUCH!
WER SAGT UNS, DASS ER NICHT LÜGT?
NIEMAND. ABER GENAUSO WENIG HABEN WIR EINEN BEWEIS DAFÜR, **DASS** ER LÜGT.

UNWISSENHEIT HAT EUCH JA NOCH NIE GESTÖRT! EUCH MAG ES GENÜGEN, ANGST ZU HABEN VOR DEM, WAS IHR NICHT KENNT – ICH WILL ANTWORTEN!
UND DIE WERDEN WIR FINDEN!
KOMM!
RANJA!

DIESE FLAMMEN EBEN. WAS WAR DAS?
ES IST EINFACH PASSIERT! ICH WEISS NICHT, WIESO.
ES SAH AUS WIE ZAUBEREI ODER MAGIE.
MAGIE?

AUF DER ANDEREN SEITE DES MEERES LIEGT HADRIA. DORT GIBT ES VIELE ZAUBERER.
SOLLTEN WIR DANN NICHT DORTHIN FAHREN? FRAGEN, OB MICH JEMAND KENNT ODER MIR HELFEN KANN.
DAS IST EINE LANGE ÜBERFAHRT. UND GEFÄHRLICH, GERADE IN DIESER JAHRESZEIT.
MEIN KLEINES BOOT HAT ES GESCHAFFT.
DU HATTEST UNBESCHREIBLICHES GLÜCK.
ABER WIR KÖNNEN ANTWORTEN BEKOMMEN, OHNE DASS WIR ÜBER DAS MEER MÜSSEN – BEI DEN BEWAHRERN IM WACHSAMEN WALD.
WARUM BIST DU MITGEKOMMEN?
WEIL ICH DEN WEG KENNE. UND WEIL ICH AUCH WISSEN WILL, WAS HIER LOS IST.

BIS HEUTE ABEND SOLLTEN WIR BEI DER BRÜCKE ANGEKOMMEN SEIN. MORGEN SIND WIR DANN SCHON DA.
UND DU GLAUBST WIRKLICH, DASS DIESE BEWAHRER HELFEN KÖNNEN?
SIE SIND DAS GEDÄCHTNIS ANDORS.
SIE WISSEN ALLES, WAS ES IN DIESEM LAND ZU WISSEN GIBT.

UND WAS WOLLEN SIE DAFÜR HABEN?
WIESO GLAUBST DU, DASS SIE ETWAS DAFÜR HABEN WOLLEN?
NIEMAND HILFT EINEM EINFACH SO. ES GIBT IMMER HINTERGEDANKEN.
ICH HABE DIR GEHOLFEN. HATTE ICH AUCH HINTERGEDANKEN?
ICH WEISS NICHT. HATTEST DU?
GEH LIEBER UND MACH DIE VOLL!

WIE IST DAS EIGENTLICH, DIESES HADRIA?
ICH WAR NOCH NIE DORT. ABER MAN SAGT, DASS ES DORT SEHR KALT SEI.
ICH HABE SCHNEE GESEHEN IN MEINEN VISIONEN ...

DAS HIER KAM AUCH IN MEINEM TRAUM VOR.
BEDEUTET ES DIR ETWAS?
IM MOMENT NICHT.
MEISTENS WERDEN DINGE VERERBT ODER VERSCHENKT.
VIELLEICHT HAST DU ES VON DEINER MUTTER. ODER DEINER FRAU?
ICH KANN MICH NICHT ERINNERN, DASS ICH EINE HABE.
OBWOHL ES GARWIN BESTIMMT FREUEN WÜRDE ...
GARWIN HAT NICHT DEN GERINGSTEN GRUND, EIFERSÜCHTIG ZU SEIN.
ER WILL EINE BRAVE FISCHERSFRAU – UND DIE KÖNNTE ICH NIEMALS SEIN.

DU LEBST IN EINEM FISCHERDORF. WAS KÖNNTEST DU DORT DENN ANDERES SEIN ALS EINE FISCHERSFRAU?
PFFT.
WER SAGT, DASS ICH DORT BLEIBEN WILL?
ES GIBT SO VIELES, WAS ICH WISSEN UND ERFAHREN WILL!
NICHT NUR DU. ICH WILL WISSEN, WAS ES MIT DEM BLUT AUF SICH HAT UND WOHER DIE VISIONEN KOMMEN.
UND WER DAS IST, DIESER VARKUR.

DIE WELT IST ZU GROSS, ALS DASS ICH IN SO EINEM NEST GLÜCKLICH WERDEN KÖNNTE.
SOWEIT ICH SEHE, IST »DIESER VARKUR« KEIN SO SCHLECHTER MENSCH.
ICH HOFFE, DAS SIEHST DU RICHTIG ...

VERDAMMT, WO SIND SIE?
VIELLEICHT SOLLTEN WIR UMKEHREN. RANJA IST FREIWILLIG MIT IHM GEGANGEN.
DAS IST MIR EGAL! ICH LASSE SIE NICHT MIT DIESEM MONSTER ALLEIN!
UND WAS TUST DU, WENN WIR SIE EINHOLEN? BITTEST DU VARKUR FREUNDLICH, NICHT WIEDER SEINE KRÄFTE EINZUSETZEN?
WIR WERDEN SCHON EINEN PLAN HABEN, WENN ES SO WEIT IST.
WAS IST?
ICH GLAUBE, DA KOMMT GERADE DER ERSTE BAUSTEIN UNSERES PLANS ...
HALTET EIN! ICH BRAUCHE EURE HILFE!

IN DIESER GEGEND TREIBT EIN HEXER SEIN UNWESEN.
EIN HEXER?
ALLE IN UNSEREM DORF HABEN SEINE MACHT GESEHEN!
ER HAT EINE UNSERER FRAUEN BEHEXT, DAMIT SIE MIT IHM MITGEHT!
ACH, DIE ART VON HEXEREI …
ICH GLAUBE NICHT, DASS WIR DA ZUSTÄNDIG SIND.
WIR HABEN BESSERES ZU TUN. ZUM BEISPIEL AUFZUPASSEN, DASS DIE GORS NICHT AUF DUMME GEDANKEN KOMMEN.
NARREN!

HÖRST DU? WIR NÄHERN UNS DER NARNE!
WENN WIR IHR BIS ZUR BRÜCKE FOLGEN, SIND WIR SCHON SO GUT WIE AM WACHSAMEN WALD.
GLAUBST DU, DASS WIR IM NEBEL DEN WEG ZUR BRÜCKE FINDEN?
VIELLEICHT SOLLTEN WIR RASTEN UND ABWARTEN, BIS ER SICH VERZOGEN HAT?
DAS WÄRE KEINE GUTE IDEE.
WARUM?

WIR SIND NAH AN DER TAUBRÜCKE. WENN ES NEBLIG IST, NUTZEN MANCHE KREATUREN DAS AUS, UM HIER DIE NARNE ZU ÜBERQUEREN.
KREATUREN?
GORS ZUM BEISPIEL. ODER SKRALE.
WESEN, VON DENEN MAN SICH BESSER FERNHÄLT.
WAS ...?
PSSST!

WENN ES EIN GOR IST, HALTE DICH VON SEINEN KRALLEN FERN UND VERSUCHE, IHN VON HINTEN ANZUGREIFEN.
SIE SIND IM NACKEN VERWUNDBAR.
UND WENN ES EIN SKRAL IST?
HOFFE EINFACH, DASS ES KEIN SKRAL IST.
PASS AUF!

ARGH!
RANJA!
ERINNRE DICH.
NEI-
ARGH
ERINNERE DICH!

ERINNERE DICH!
ERINNERE DICH!

VARKUR?!

VARKUR!
VARKUR!
HÖR AUF!
SIE SIND TOT.

WAS WAR DAS?
MEINE KRAFT ... GLAUBE ICH.
DIESELBE WIE LETZTE NACHT IM DORF?
JA. ABER DIESMAL WAR ES ANDERS.
DIESMAL WOLLTE ICH SIE EINSETZEN.
TU DAS BITTE NIE WIEDER.
ICH HABE UNS GERETTET!
ICH WEISS, ABER ... DU HÄTTEST DICH SEHEN SOLLEN ...

OHNE MICH HÄTTE DER SKRAL DICH GETÖTET!
ICH LASSE MIR NICHT VORSCHREIBEN, WIE ICH MEINE KRÄFTE EINSETZE.
WAS ...
RANJA! ES TUT MIR LEID.
WIR MÜSSEN ZU DEN BEWAHRERN. DAMIT WIR ENDLICH ERFAHREN, WAS HIER LOS IST.
WILLST DU VIELLEICHT DOCH RASTEN? DU BIST VERLETZT.
NEIN. LASS UNS EINFACH WEITERGEHEN.

DER WACHSAME WALD. WIR SIND FAST DA.
HAT DIE TAUBRÜCKE EINEN BRÜCKENWÄCHTER?
NICHT DASS ICH WÜSSTE.
ALSO WIEDER KREATUREN?
DIE HÄTTEN KEINE LATERNE DABEI.

WER SEID IHR?
NIEMAND, DEN IHR FÜRCHTEN MÜSSTET.
DAS IST LEICHT GESAGT.
WER ES MIT EINEM SKRAL AUFNEHMEN KANN, MUSS WOHL KAUM ANGST VOR EINER EINSAMEN FRAU HABEN.
EURE VERLETZUNG. DAS WAREN DIE PRANKEN EINES SKRALS. IHR SEID IHM BEGEGNET UND LEBT NOCH. DAS IST SELTEN.

IHR SEHT AUS, ALS BRÄUCHTET IHR RAST. ICH WÜRDE MICH FREUEN, WENN IHR MIR GESELLSCHAFT LEISTET.
ICH KANN DIE WUNDE VERSORGEN, WENN IHR MÖGT.
IHR SEID EINE HEILERIN?
MANCHE NENNEN MICH EINE HEILERIN, MANCHE EINE HEXE. ICH NENNE MICH REKA.
IHR KÖNNT ZAUBERN?!
EINE KRÄUTERHEXE. ICH BIN NICHT WIE DIE HADRIER.

ICH RÜHRE HEIL-TRÄNKE AN, BEREITE SALBEN UND VERBÄNDE. DAS IST ALLES.
NUN HALTET BITTE EINEN MOMENT STILL.
HABT IHR AUCH EINEN TRANK, DER MENSCHEN IHRE ERINNE-RUNG ZURÜCKGIBT?
KOMMT IHR DESWEGEN ZUM WACHSAMEN WALD?
WAS IHR SUCHT, IST NICHT WISSEN, SONDERN WEISHEIT.
IHR SPRECHT IN RÄTSELN.
WISSEN SAGT, WAS WAR UND WAS IST. WEISHEIT SAGT EUCH, WAS IHR TUN SOLLTET.
DAS WEISS ICH BEREITS.
ICH MUSS HERAUS-FINDEN, WER ICH BIN! WOHER ICH KOMME!
NEIN, DAS WOLLT IHR HERAUSFINDEN. OB IHR ES MÜSST, IST EINE GANZ AN-DERE FRAGE.
WAS MAN WEISS, BESTIMMT, WER MAN IST. UND WER MAN IST, BESTIMMT, WAS MAN TUT.
BLEIBT LIEBER BEI EUREN SALBEN UND TINKTUREN, KRÄUTERHEXE, STATT EUCH IN ANDE-RER LEUTE ANGELEGENHEITEN EINZUMISCHEN.

ICH DANKE EUCH FÜR EURE HILFE.
ICH HELFE ALLEN, DIE HILFE BRAUCHEN.
SO SIE SICH DENN HELFEN LASSEN ...
UND WAS FÜHRT EUCH HIERHER? HABT AUCH IHR DAS GEDÄCHTNIS VERLOREN?
DA GÄBE ES NICHT VIEL ZU VERGESSEN. WO ICH HERKOMME, WEISS MAN NICHTS.

UND DARUM WOLLT IHR ZU DEN BEWAHRERN?
WO SONST GIBT ES SO VIEL WISSEN AN EINEM ORT?
DER RAT, DEN ICH EUREM BEGLEITER GAB, GILT AUCH FÜR EUCH: SUCHT WEISHEIT, BEVOR IHR WISSEN SUCHT.
WÄRE ES WEISE GEWESEN, ALS FISCHERSFRAU IM DORF ZU VERSAUERN?! WÄRE ES WEISE, MICH DEM ERSTEN MANN HINZUGEBEN, DER UM MICH WIRBT?
NEIN. ABER NUR WEIL IHR WISST, WAS IHR NICHT WOLLT, WISST IHR NOCH NICHT, WAS IHR WOLLT.
ES IST SPÄT. ZEIT, ZU SCHLAFEN. GUTE NACHT.
SO VERSCHIEDEN, UND DOCH SO GLEICH ...

VERZEIHT, FALLS WIR LETZTE NACHT UNHÖFLICH WAREN.
ICH WÜNSCHE EUCH GLÜCK UND HOFFE, DASS DIE BEWAHRER EUCH GEBEN KÖNNEN, WONACH IHR SUCHT.
DOCH OB EUCH GEFALLEN WIRD, WAS IHR FINDET ...
BIST DU SO WEIT?!
ICH KOMME!

SCHON DER DRITTE BAUER, DER IN DEN LETZTEN TAGEN GORS ODER SKRALE GEHÖRT HABEN WILL. DAS KANN KEIN ZUFALL SEIN.
DU MEINST, DIE WOLLEN UNS ÜBERFALLEN?
KANN SEIN. EIN PAAR GORS ODER SKRALE HIER UND DA SIND NICHTS UNGEWÖHNLICHES.
ABER WENN ES SO VIELE SIND, DANN WIRD'S GEFÄHRLICH.
BRRRR.
SIEH AN – KAUM, DASS WIR DAVON GEREDET HABEN ... WAS MEINST DU? GOR?
GUT MÖGLICH. ABER ER WAR NICHT ALLEIN.

AUF DIESER SEITE DER NARNE? DAS SCHMECKT MIR GAR NICHT.
SKRAL.
WEITER!
ACH DU SCHANDE!

WAS IST?
SOLL DAS AB JETZT SO WEITERGEHEN? UNANGENEHME FRAGEN WERDEN MIT SCHWEIGEN UND SCHMOLLEN ABGEWEHRT?
NUR DANN, WENN SICH DIE FRAGENDEN IN DINGE EINMISCHEN, DIE SIE NICHTS ANGEHEN.
OHNE MICH WÄRST DU NICHT HIER. ICH HABE MIR ETWAS EINMISCHUNG VERDIENT.
NATÜRLICH! IMMER AUF DER SUCHE NACH WISSEN!
BIN ICH HIER, WEIL ES MIR HILFT? ODER WEIL DU EINEN VORWAND BRAUCHTEST, UM ZU DEN BEWAHRERN ZU KOMMEN?
GLAUBST DU WIRKLICH, ICH BRÄUCHTE DICH DAFÜR ALS AUSREDE?!

DU BRAUCHTEST HILFE. ICH HABE DIR GEHOLFEN.
UND JA – ICH BIN NEUGIERIG. AUF DICH, AUF DIE WELT. IST DAS SCHLIMM?
DAS ZEIGT SICH ERST, WENN DIE NEUGIER GESTILLT WIRD.
REKA HATTE RECHT: DU HAST ANGST! STIMMT'S? ANGST, DICH ZU ERINNERN?
EIN WENIG.
WIR KÖNNEN UMDREHEN.
NEIN! WAS IMMER ICH GETAN HABE – FRÜHER ODER SPÄTER WIRD ES MICH EINHOLEN. BESSER, WENN ICH DEN ZEITPUNKT BESTIMME.
ES IST LEICHTER, DÄMONEN ZU BESIEGEN, DIE MAN KENNT.
UND WENN DU WILLST, WERDE ICH DIR DABEI HELFEN.
WOHIN DES WEGES?!

WAS FÜHRT EUCH IN DEN WACHSAMEN WALD, FREMDE?
WIR SIND AUF DER SUCHE NACH WISSEN.
ÜBER MEINE VERGANGENHEIT.
UND ALLES ANDERE.
KÖNNT IHR UNS HELFEN?
WER HAT EUCH GESCHICKT?
NIEMAND.
FOLGT MIR.

KOMMEN OFT BESUCHER IN DEN WACHSAMEN WALD?
SO OFT WIE MÖGLICH. WIE SONST SOLLTEN WIR AN UNSER WISSEN KOMMEN?
ALLES, WAS IHR WISST, KOMMT VON BESUCHERN? IHR SAMMELT ES NICHT SELBST?
WIR SIND BEWAHRER, KEINE SAMMLER. DIE MEISTEN VON UNS VERBRINGEN IHR GANZES LEBEN HIER IM GRÜNEN RADIUS.
GRÜNER RADIUS ...? DAS HEISST, IHR VERLASST NIEMALS DEN WALD?!
SO SELTEN WIE MÖGLICH. WAS UNS AN WISSEN GEBRACHT WIRD, DAS BEWAHREN WIR –
HIER:

IM BAUM DER LIEDER.

WILLKOMMEN BEIM BAUM DER LIEDER. MEIN NAME IST MELKART.
MHARE, WEN FÜHRST DU ZU MIR?
WIE KANN ICH EUCH HELFEN?
SEID IHR HIER SO EINE ART ANFÜHRER?
ICH BIN DER OBERSTE PRIESTER.
EIN PRIESTER ...?
DIE PRIESTER VERWALTEN UND SORTIEREN DAS WISSEN IM BAUM DER LIEDER.
UND DANN?
KEIN DANN. DAS IST UNSERE AUFGABE. DAS BEWAHREN VON WISSEN.
DAS KLINGT, ALS KÖNNTET IHR MIR HELFEN.
WAS GENAU IST EUER BEGEHR?
DAS IST EINE LANGE GESCHICHTE ...
MÖGT IHR SIE MIR BEI EINEM TEE IN MEINER HÜTTE ERZÄHLEN?

... UND DESHALB HOFFE ICH, DASS EUER ARCHIV MIR ANTWORTEN GEBEN KANN.
ICH KANN DAS GUT VERSTEHEN ...
... DOCH ICH MUSS EUCH LEIDER ENTTÄUSCHEN.

DAS WISSEN IN UNSEREN ARCHIVEN IST EIN SCHATZ.
DOCH IN DEN FALSCHEN HÄNDEN KANN ES AUCH EINE WAFFE SEIN.
ICH WILL DOCH NUR WISSEN, WER ICH BIN.
WENN NICHT EINMAL IHR SELBST WISST, WER IHR SEID, WIE SOLLEN WIR ES DANN WISSEN?
WIE SOLLEN WIR WISSEN, WEM WIR DA ZUGANG GEWÄHREN? DAS KÖNNEN WIR NICHT RISKIEREN.
WIR HABEN STRIKTE REGELN. UND GRÜNDE DAFÜR.
IHR KÖNNT IHM NICHT SAGEN, WER ER IST, WEIL ER NICHT BEWEISEN KANN, WER ER IST?!
WELCHEN SINN HAT EUER WISSEN, WENN MAN ES NICHT NUTZEN KANN?
ES GIBT JEDOCH ETWAS ANDERES, WAS ICH EUCH ANBIETEN KANN.

DIEJENIGEN, DIE UNS WISSEN BRINGEN, KÖNNEN SICH OFT NICHT MEHR GENAU ERINNERN.
MIT DER ZEIT HABEN WIR GELERNT, WIE WIR IHNEN HELFEN KÖNNEN, VERSCHÜTTETES WISSEN FREIZULEGEN.
WENN IHR ES WÜNSCHT, KÖNNT AUCH IHR DIES VERSUCHEN.
WAS MUSS ICH TUN?

ATMET DIES HIER EIN ...
... UND VERSUCHT DABEI, EUCH VON ALLEN ABLENKUNGEN UND BEWUSSTEN GEDANKEN ZU BEFREIEN.
SEID IHR DAZU BEREIT?
ICH KANN ES VERSUCHEN.
DANN LASSEN WIR EUCH NUN ALLEIN.
VARKUR?
ICH WÜNSCHE EUCH KRAFT. IHR WERDET SIE BRAUCHEN.
ERINNRE DICH ...

AN GLÜCKLICHE SPIELE ALS GLÜCKLICHES KIND.
GLEICH HAB ICH DICH, NIKA!
VARKUR, NICHT SO WILD!
AN EIS UND AN KÄLTE, AN SCHNEE UND AN WIND.
GEH SCHON HINEIN, NIKA. ICH KANN DAS HOLZ ALLEIN SAMMELN.

AN SIECHTUM, AN LEIDEN UND AN LETZTE GABEN.
MAMA, NEIN!!
ES IST VIEL ZU KALT DORT DRAUSSEN!
SIE MUSS ZUM HEILER.
PASST GUT FÜR MICH DARAUF AUF. SOLANGE IHR SIE TRAGT, BIN ICH IMMER BEI EUCH, UM EUCH ZU HELFEN UND EUCH ZU LEITEN.
AN TÖDLICHE REISEN, AN TRAUER UND DARBEN.

AN KRÄFTE, DIE DEIN VATER BESCHWOR.
KONZENTRIER DICH, DAS IST JA ERBÄRMLICH! DIE ZUKUNFT HADRIAS HÄNGT DAVON AB, DASS DU LERNST, DIE MAGIE ZU KONTROLLIEREN!
SEHR GUT! WEITER SO!
DEN HAST DU DIR VERDIENT.

MAGISCHES SCHWERT HINTER EISERNEM TOR.
ÖFFNET DAS TOR, KORAPH! MIT DEN MAGISCHEN WAFFEN KÖNNTEN WIR DIE MÄCHTE DES MEERES BESIEGEN! WIR KÖNNTEN HADRIA LICHT UND WÄRME ZURÜCKGEBEN!
DAS IST EIN IRRTUM, VARKMAR! EIN TÖDLICHER IRRTUM. EUER VATER IST DARAN ZUGRUNDE GEGANGEN.
MEIN VATER STAND KURZ VOR DEM SIEG! LASST UNS SEIN WERK ZU ENDE FÜHREN!
NIEMALS! WER DUNKLE MAGIE EINSETZT, VERLIERT MEHR, ALS ER GEWINNT. DESWEGEN WURDEN DIE WAFFEN HIER FÜR ALLE ZEIT EINGESCHLOSSEN!

AN DAS, WAS EUCH HALF, AUCH IN PEIN ZU BESTEHEN.
WAS IST DAS, VATER?
EINE TINKTUR, DIE DEINE URGROSSMUTTER ENTWICKELT HAT. SIE LINDERT SCHMERZ. SEELISCHEN SCHMERZ. EIN PAAR TROPFEN GENÜGEN.
AN SCHOCK, AN KRANKHEIT UND AN VERGEHEN.
ES IST DIE KÄLTE. SIE IST BIS IN SEINE KNOCHEN GEDRUNGEN.

AN DEN ENTSCHLUSS, DEN VATER ZU RÄCHEN.

AN DEINEN PLAN ...
DU WEISST NICHT, WAS DU TUST, JUNGE! DAS IST WAHNSINN!
AUS DEM WEG! DIE ZEIT IST GEKOMMEN, DIE KÄLTE ZURÜCKZUDRÄNGEN! DIE ZEIT, HADRIA AUS DEM GRIFF DER MÄCHTE DES MEERES ZU BEFREIEN!
AUS DEM WEG, HABE ICH GESAGT!

... UND AN DEIN VERBRECHEN ...
VARKUR, NEIN!
NIKA!
NEEEEEIIIIIN!

WAS IST PASSIERT?! WAS HAST DU GESEHEN?
LASS MICH!
WAS IST MIT DIR?

LASS MICH, HABE ICH GESAGT! GEH FORT!
WARUM SAGST DU DAS?
DU HAST KEINE AHNUNG, WAS ICH GETAN HABE! GAR NICHTS WEISST DU!
VARKUR, HALT EIN!

NEIN ...
VARKUR ...

WAS HABE ICH GETAN?!
DAS, WAS DU TUN MUSSTEST.
WER BIST DU?
DAS, WAS DU BRAUCHST.

ICH VERSTEHE NICHT.
DU MUSST FÜHLEN, NICHT VERSTEHEN.
WAS SOLL DAS HEISSEN?
DU MUSST WARTEN, DANN WIRST DU SEHEN.
VERLIERE ICH DEN VERSTAND?! IST ES DAS?
BIN STIMME DESSEN,
WAS DU SUCHST.
ZERSTÖRE DAS,
WAS DU VERFLUCHST.
SCHÄRFE DIR SINN UND
SCHÄRFE VERSTAND,
FÜHRE IM KAMPF DIR SCHWERT
UND AUCH HAND.
MIT MIR BEZWINGST DU
DES FEINDES LAKAIEN,
KANNST DEINE HEIMAT
VOM EISE BEFREIEN.
DU BIST EINE KRAFT ...? DU BIST ... DIE MAGIE IN MIR?
ICH BIN DU UND DU BIST ICH.
UND OHNE UNS IST ALLES NICHTS.

DU BIST KEIN TEIL VON MIR! DU BIST EIN ... EIN PARASIT, DER SICH IN MIR EINGENISTET HAT. DURCH DICH BIN ICH ZUM MÖRDER GEWORDEN!
DER HANDEL IST GÜLTIG, DER HANDEL IST GUT: FÜR MEINE MACHT ZAHLST DU MEINEN TRIBUT.
VERSCHWINDE! LASS MICH IN FRIEDEN! ICH WILL DEINEN HANDEL NICHT MEHR! ICH ENTSAGE DER DUNKLEN MAGIE!
WAS HEUTE GILT, WIRD IMMER SEIN: ICH BIN IN DIR UND DU BIST MEIN!
SOLANGE IHR SIE TRAGT, BIN ICH IMMER BEI EUCH, UM EUCH ZU HELFEN UND EUCH ZU LEITEN.
ICH GEHÖRE DIR NICHT FÜR IMMER!
HÖCHSTENS, SOLANGE ICH LEBE ...

SEID IHR SICHER, DASS IHR IHM FOLGEN WOLLT?
IHR DÜRFT GERN BEI UNS BLEIBEN. DIE BEWAHRER HEISSEN MENSCHEN MIT EUREM WISSENSDURST WILLKOMMEN.
DIE KRÄUTERHEXE HATTE RECHT: WAS MAN WEISS, BESTIMMT, WAS MAN TUT. IHR BEWAHRER MÖGT ALLES WISSEN, ABER IHR TUT NICHTS!
DAS IST DIE AUFGABE, DIE WIR ERFÜLLEN MÜSSEN.
IHR VIELLEICHT. ABER NICHT ICH! ICH KANN VARKUR JETZT NICHT ALLEINLASSEN.
ER WIRKTE GEFÄHRLICH.
ER WIRD MIR NICHTS TUN. ICH HABE IHN HIERHERGEBRACHT. UND ICH HABE VERSPROCHEN, IHM ZUR SEITE ZU STEHEN.
ICH WÜNSCHE EUCH VIEL GLÜCK.
DANKE.

WARUM HAUT DIESER KERL EINFACH AB, WENN ER MIT ETWAS NICHT ZURECHTKOMMT?
KANN ER SICH NICHT IRGENDWOHIN SETZEN UND VOR SICH HIN-STARREN?
DAS WÄRE DEUTLICH PRAKTISCHER.
VARKUR?

ERGREIFT SIE!
LASST MICH SOFORT FREI! IHR HABT KEIN RECHT, MICH FESTZUHALTEN!
WO IST DER HEXER?!
VARKUR? HOFFENTLICH WEIT WEG VON HIER!
DU NIMMST IHN IMMER NOCH IN SCHUTZ?!
WEIL ICH WEISS, WOVON ICH REDE. IM GEGENSATZ ZU EUCH ALLEN!

EUER MANN HAT UNS BESCHRIEBEN, WIE LEICHT ERREGBAR DIESER VARKUR IST.
WAS?
MEIN MANN?! BIST DU JETZT KOMPLETT DURCHGEDREHT?!
RANJA! WAS, GLAUBST DU, WIRD PASSIEREN, WENN JEMAND MIT SEINEN FÄHIGKEITEN SICH NICHT UNTER KONTROLLE HAT?
UND DU GLAUBST, ES MACHT DIE SACHE BESSER, WENN EIN PAAR MÖCHTEGERN-HELDEN IHN DURCH DIE WÄLDER JAGEN?!
SIE STEHT NOCH UNTER DEM EINFLUSS SEINER MAGIE! WIR MÜS-SEN SIE INS DORF ZURÜCKBRINGEN!
IHR »MÜSST« HIER GAR NICHTS. ABER IHR KÖNNT MICH ALLE MAL!

ETWAS NOCH DÜMMERES KONNTEST DU DIR WOHL NICHT EINFALLEN LASSEN?
DER TAG WIRD KOMMEN, AN DEM DU MIR DAFÜR DANKST.
DU BIST VERRÜCKT. DU BIST TATSÄCHLICH VOLL-KOMMEN VERRÜCKT!
ICH DACHTE, DU WÄRST MEIN FREUND!
DIESER VARKUR IST GEFÄHRLICH. ICH HATTE ANGST, DICH MIT IHM ALLEIN ZU LASSEN.

UND DARUM LIEFERST DU MICH DEM KERL AUS, DER MICH ZURÜCK INS DORF VERSCHLEPPT ...
DAS IST NUR ZU DEINEM BESTEN!
IHR SOLLTET NICHT SO EINEN LÄRM MACHEN.
WAS MEIN BESTES IST, ENTSCHEIDE IMMER NOCH ICH!
IN DIESER GEGEND SIND IN LETZTER ZEIT VERMEHRT ... KREATUREN GESICHTET WORDEN.

DU KANNST NOCH SO HADERN, KANNST LANGE DICH WINDEN, SCHLUSSENDLICH WIRST DU DOCH ZU MIR FINDEN.
WENN ALLE DAS TUN, DANN WERDE ICH DIE AUSNAHME SEIN – ICH SPIELE NICHT MEHR NACH DEINEN REGELN.

ICH BIETE DIR KRÄFTE, UNENDLICH GROSS.
WER SIE EINMAL KOSTET, KOMMT NICHT DAVON LOS.
BISHER HABE ICH DAS GANZ GUT GESCHAFFT. UND SEHR VIEL LÄNGER MUSS ICH NICHT MEHR DURCHHALTEN.
WENN DU MIR FEUER BIETEST, WÄHLE ICH WASSER!

ALS FEIGLING WILLST DU AUS DEM LEBEN SCHEIDEN?
LÄSST DIE ZURÜCK, DIE DU LIEBST? LÄSST SIE LEIDEN?
DU HAST KEINE AHNUNG, WOVON DU REDEST!
SIE WURDE GEFANGEN, IST IN GROSSER NOT.
DOCH DICH LÄSST DAS KALT, DU SUCHST NUR DEINEN TOD.
SEI STILL! DARAUF FALLE ICH NICHT REIN!
... KÖNNTEST SIE RETTEN ...

ICH SAGTE: SEI STILL!
BALD WIRD RANJA BEI EINEM ANDEREN LIEGEN. WIRD ...
SEI STILL!!!
OH, DU BIST SCHLAU.
ABER SO LEICHT VERFÜHRST DU MICH NICHT.
NEHMT MIR ENDLICH DIESE FESSELN AB!

DIESES SCHWEIN!
SPÜR, WIE DICH MAGIE DURCHDRINGT.
SPÜR DIE MACHT, DIE SIE DIR BRINGT!

FÜR DIESE TRAURIGEN GESTALTEN BRAUCHE ICH DEINE HILFE NICHT.

ALLEIN IST SOLCH FEIND NICHT ZU BEZWINGEN
MIT MEINER KRAFT WIRD ES SPIELEND GELINGEN.

WENN DU NUR WILLST, KANN ICH DIR ALLES GEBEN. VERWEIGERST DU DICH, VERLIERT SIE IHR LEBEN.
NEIN. ICH WILL NICHT, DASS DU MACHT ÜBER MICH BEKOMMST.
VERGIB MIR, MUTTER.

WIR WERDEN ANGEGRIFFEN! RUNTER!

LÖS MIR DIE FESSELN! MACH SCHON!
WOHER KOMMT DIESES FEUER ...?
DANKE.
DAS GIBT'S DOCH NICHT!
VARKUR!

IST DAS DIESER HEXER?
KANN SEIN!
ABER ES SIEHT SO AUS, ALS WÄRE ER AUF UNSERER SEITE!

DIE SKRALE ZIEHEN SICH ZURÜCK!
PASS AUF!
DANKE!

GARWIN!
NEIN!

DU WIRST SIE NICHT KRIEGEN,
DU MONSTER! SIE IST MEIN!
NICHT!

RANJA! NEIN!
KRACK
NEIN! BITTE!

DU DARFST NICHT GEHEN.
VARKUR ...

LORMAN
IST ZURÜCK!

DIES IST ERST DER ANFANG, BIST NOCH NICHT BEREIT.
DOCH IN WENIGEN JAHREN SCHON IST ES SO WEIT.

BEFEHLIGST KRÄFTE OHNEGLEICHEN.
WO FEUER GEBIETET, MUSS KÄLTE WEICHEN.
WAS SICH DIR IN DEN WEG STELLT, WIRST DU VERNICHTEN,
WIRST DIE NEUE ORDNUNG IN ANDOR ERRICHTEN!

HAT ER UNS BETROGEN?
UNS HINTERGANGEN?
HAT IHN DIE MACHT DER MAGIE EINGEFANGEN?
WILL ER UNS BESIEGEN?
WILL ER UNS BEZWINGEN?
WENN ER ES VERSUCHT, WIRD ES IHM NICHT GELINGEN.
ES GIBT EIN GESETZ FÜR DIE GANZE NATUR ...
FÜR MENSCH ...
UND FÜR TIER ...
UND FÜR KREATUR.

EIN GESETZ, DAS NICHTS UND NIEMAND JE BRICHT:
BEWAHRE, BEWAHRE DAS GLEICHGEWICHT.
WENN DUNKLE MÄCHTE VORWÄRTSSCHREITEN ...
WENN SCHWARZ UND SCHWÄRZER SIND DIE ZEITEN ...
WENN JEDE HOFFNUNG SCHEINT VERLOREN ...
... DANN WERDEN EUCH HELDEN GEBOREN.

BALD SCHON WERDEN SIE VOR EUCH STEHEN ...
... SCHAUT GENAU HIN, DANN KÖNNT IHR SIE SEHEN.

ENDE

NOCH MEHR ABENTEUER GEFÄLLIG?

ENTDECKT DIE GANZE SPIELE-WELT VON ANDOR!

BEGEBT EUCH GEMEINSAM IN GEFAHRENVOLLE ABENTEUER UND NUTZT EURE UNTERSCHIEDLICHEN FÄHIGKEITEN, UM ANDOR ZU RETTEN!

KOSMOS.DE | LEGENDEN-VON-ANDOR.DE

Jens Baumeister ist gelernter Drehbuchautor, hat aber auch schon Sachbücher und Theaterstücke geschrieben sowie als Programmierer und Veranstaltungstechniker gearbeitet. Inzwischen schreibt er vor allem Kinder- und Jugendbücher, zum Beispiel die Reihen Andor Junior oder EXIT – Das Buch.

Timo Grubing, Jahrgang 1981, studierte Design in Münster und lebt und arbeitet seitdem als Illustrator in seiner Geburtsstadt Bochum, wo er vor allem Kinder- und Jugendbücher bemalt. Comics zeichnet er dabei seit jeher zuerst nur in seiner Freizeit. Nach kleineren Comicausflügen erschien 2018 seine erste abendfüllende Graphic Novel »Don't Touch It«, mit dem er den ICOM als »Bester Independet Comic« gewann. Die Reise nach Andor stellt sein zweites großes Comicprojekt dar.
www.instagram.com/timogrubing_illustration/
www.timogrubing.de

Michael Menzel wurde 1975 geboren und lebt heute mit seiner Familie am Niederrhein. Seine große Leidenschaft für das Zeichnen begleitet ihn seit frühester Kindheit. Der Einstieg in die Spiele-Illustration glückte ihm im Jahr 2004 mit einem Spiel für den Kosmos Verlag. Nach zahlreichen Kinder- und Familienspielen, die er gestaltet hat, erschien mit »Die Legenden von Andor« sein Erstlingswerk als Autor, das Preise im In- und Ausland gewann und 2013 als »Kennerspiel des Jahres« ausgezeichnet wurde.

Originale Logo-Gestaltung (Cover) und Legenden-Karten: Michael Menzel
Illustration: Timo Grubing
Skript: Jens Baumeister
Das Skript wurde vermittelt von der Literarischen Agentur
Charlotte Larat rights & audio Strasbourg
Lettering und Satz: Minou Zaribaf

Unser gesamtes lieferbares Programm und viele
weitere Informationen zu unseren Büchern,
Spielen, Experimentierkästen, Autorinnen und Autoren
und Aktivitäten findest du unter **kosmos.de**

FSC www.fsc.org MIX Papier | Fördert gute Waldnutzung FSC® C084279

Gedruckt auf chlorfrei gebleichtem Papier

Basierend auf der Welt und den Charakteren
von Michael Menzel und Stefanie Schmitt.

ISBN: 978-3-440-17495-1
Redaktion: Juliane Voorgang und Reni Nürnberger
Lektorat: Anja Herre
Inhaltliche Beratung: Marc Krüger
Produktion: Verena Schmynec
Druck und Bindung: Print Consult GmbH, München
Printed in Slovakia / Imprimé en Slovaquie